大重啟

林偉傑／著
汪來昇／譯

目次

008 譯者手札
相伴無語，詩譯有聲◎汪來昇

018 心滿意足的表現方式
020 居家小確幸
021 遺忘飛翔，若夢（之一）
022 星期天
024 以奢華重述傳奇
025 旁白（之一）
026 更新進度
028 百匯廣場
030 麥當勞伴隨的死刑
032 遺忘飛翔，若夢（之二）
033 一本現象學的食譜
034 新加坡田園詩
036 無用清單
040 圖書館員

042　旁白（之二）
043　垃圾空間狂想曲
046　生命的衝動就是這樣。
047　遺忘飛翔，若夢（之三）
048　折扣革命的筆記
050　愛在間歇性斷食時
052　旁白（之三）
053　修道院迴廊
054　教義問答
056　在植物園野餐
058　遺忘飛翔，若夢（之四）
059　兩種無情的準備方式
061　先知的一天
063　核詩
065　旁白（之四）
066　戰略性未來
068　遺忘飛翔，若夢（之五）

069 先知的最終警告
071 食肉者的日間狂想
074 旁白（之五）
075 盛宴
077 怪物
079 旁白（之六）
080 事物的自然定律
082 是什麼擾亂了這富饒的土地
084 遺忘飛翔，若夢（之六）
085 難民
086 鳥不生蛋的地方
088 創世紀
089 旁白（之七）
090 部分或其他數字
092 語言是個醃黃瓜
093 定義
094 旁白（之八）

095 新生活
096 新世界交響曲
098 遺忘飛翔，若夢（之七）
099 旁白（之九）
100 代理型孟喬森症
101 旁白（之十）
102 信條
109 奇蹟時代
111 旁白（之十一）

112 詩人後記
生活在語言之間◎林偉傑

譯者手札
相伴無語，詩譯有聲 ◎ 汪來昇

一、語言的分化、遊移與融合

認識偉傑，應該也有八九年了。那時的我們在新加坡作家節的場地「趕場」，彼此都還很青澀，但聊起文學和詩時，大家眼裡都有光，以及滿腔的熱忱。在新加坡多語的大環境裡，不同語言的創作者似乎有種「分而治之」的現象，能很絲滑地遊移在兩種語言以上者，其實並不多。

我常半開玩笑與調侃說，新一代的華文詩人與作家往往能很順暢地賞閱英文作品，但英文詩人與作家多半只能讀懂英文作品。雖說是玩笑話，但也是很殘酷的現實。這種現象與新加坡英文行政體系和語言政策密切相關。英文作家因教育和政策的便利，被直接認定為「新加坡文學」（Singapore Literature）的代表，但其他語文（華文、馬來文和淡米爾文）的創作則需特別標註語言屬性，如「新加坡華文文學」（Singapore Chinese Language Literature），顯得像是一個「分支」。或許，不同年齡層的創作者和學者有不同的想法，有的認為刻意標示才能凸顯語言文化的「獨特性」，有的則視其為行政分類的需求，無需過分解讀。

在享受著國家行政體系和語文所帶來的便利時，偉傑可以說是「異軍突起」。我們往往能在他的作品中看到非常多不同種族、文化和語言的融合。當然，我們不能要求他對所有文化都像自身深諳的主導語言（dominant language）一樣深入，但至少他的內心是開放、接納，並願意去承載另一個迥然的文化世界的。他英文之了得，從他牛津歷史系畢業便可得知；他對華文及其文化的探索熱忱，也可從他毛遂自薦擔任黃文傑《短舌》的英語譯者時可知曉，此外，他對於印度文化的濃厚興趣，也可在他選擇的伴侶和部分作品中可得知。

我在諸多場合中多次強調，「語言」承載了一個民族的歷史、文化、思考、價值觀與生活方式等，因此使用不同語言和文化思考，有時會得出一個完全不一樣的結論——那若同時使用不同語言和文化在腦子裡融合，並來回思考呢？其中一個結論是：你可能會捕獲一枚野生的林偉傑。

二、修訂與命名

《大重啟》原譯自林偉傑的《Anything but Human》（新加坡：Landmark Books，2021）。關於偉傑的這本詩集，撇開內容，先聊英文書名的由來。他引用了王小妮的詩作「除了人／現在我什麼都想冒充」（偉傑譯：now I'd like to pass myself off/as anything but human）。但若直接使用「除了人」作為中文書名，僅從語感去感受，我認為並不吸引我；若改譯成「除卻人」、「只要非人」之類的，怎麼看就怎麼怪。

英文原詩集中共分成兩輯的「desert of the real」與「the great reset」，兩者可分別散譯為「真實的沙漠」與「大重啟」——無疑，「大重啟」吸引了我的目光。除了有點私心想藉由這本詩集的翻譯，給「新華文學」（雖然我並不十分樂意使用這個說法，只因方便故）介紹形式和內容都別具一格的新穎創作，賦予新華文學「重啟」之寓意，也希望新加坡文學通過翻譯，可以經歷一場「大重啟」，更大膽去跨越語言和文化的藩籬，以真正達到「新加坡文學」的真實義。

林偉傑在英文原詩集中也翻譯了不少白

居易的作品，其中包括《微雨夜行》、《花非花》、《惜牡丹》等。在本書的跋中，偉傑認為通過翻譯白居易，使他的靈感脫離困境，並且「走出過於繁複和晦澀的泥沼」——這意味著，他在接受了不同語言和文化的養分後，有了自己的新感悟。相同的，不少華文作家也深受西方文學的影響，無論在內容、形式還是寫作技巧上都重新獲得了啟發。已故的新加坡國寶級作家、詩人英培安老師便是這方面的佼佼者。

原詩集中，詩作原來的排列方式，第一輯「真實的沙漠」，以〈遺忘飛翔，若夢〉（Fly Forgotten, as a Dream）為主題，共七首詩交錯排列；第二輯「大重啟」則以〈旁白〉（Narrative）為主，共十一首詩，配合白居易的作品一起穿插其中。後與偉傑商議，我們決定不再對白居易的作品進行二次翻譯，原屬於第二輯的十一首〈旁白〉便擠到了一塊。因此，我必須將其挪開，分散到全詩集中，同時取消原有的分輯形式，將整部作品合併為一個整體。

三、譯者的話

文學作品，尤其是詩的翻譯是極其困難。除了跨越語言和文化的語境外，還需在很大程度上保留作家的語氣、風格、節奏、措辭等，這才是翻譯真正的考驗。翻譯詩已然不易，翻譯偉傑的詩，更是一項大工程。除了他強烈的個人風格，詩中使用的意象、歷史語境，以及一些西方獨有的事物，讓翻譯時需要更多的求證與考量。翻譯的同時，又不能失去詩意，還得顧慮部分的節奏和韻，但魚與熊掌不可兼得。於是，經常需要做出一些取捨。（也可能是我翻譯能力不足？）

例如〈圖書館員〉（The Librarian），「我在抄寫室裡逗留太久，誤將／那些陰鬱的書脊當作／中央商務區。近日來／我用奧利奧餅乾包裝紙作為書籤：／它的佛青色像『威爾頓雙聯畫』中的天使。」其中的「抄寫室」（scriptorium）、「佛青色」（ultramarine）和「威爾頓雙聯畫」（Wilton Diptych）皆為專有名詞，當然可以翻譯，但需要有一定的語境輔助。若以純華文閱讀（外加偉傑善於將現代和古代意象交替穿插），悟性高的讀者或許能讀出一些韻味和感覺，但多半的讀者很可能會一頭霧水。所以，為了保留詩原來的格式與節奏，在翻譯時，我只能適時使用註釋加以解釋語境。

另一例是〈愛在間歇性斷食時〉（Love in a Time of Intermittent Fasting），該詩若「盜夢空間」般，需要譯者去一環套一環地抽絲剝繭，並觀察古典所形成的變異互文性（intertextuality）。偉傑這首詩，最令我頭疼的莫過於：「繞葉的傳奇」（leaf-fring'd legend）。

首先，原文來自濟慈（John Keats）的《希臘古甕頌》（Ode on a Grecian Urn）。濟慈的原文為「What leaf-fring'd legend haunts about thy shape」（繞葉的傳奇來妝點形體），主要是歌頌希臘古甕形體的美麗，而妝點在甕身的畫，有種說不出的美感，畫中描繪的是希臘傳奇故事。偉傑引用此典故入詩，寫道「阿斯巴甜的苦澀，縈繞著我／像是『繞葉的傳奇』一樣」（The bitterness of aspartame haunts me like / a leaf-fringed legend）。此時，互文在意義上起了變化，將重點圍繞在「繞」上，將原來的莊嚴古雅的哲學思考，變成了一種苦味的陰魂不散，頗有調侃的意味——最後，延伸至情侶間建議

「開放式關係」（open relationship）的秘密。類似的詩還包括：〈修道院迴廊〉（Cloisters）、〈教義問答〉（Catechism）、〈無用清單〉（The Futility of Lists）、〈以奢華重述傳奇〉（Legacy Retold in Luxury）等。

偉傑也善於使用近似「超現實主義」（surrealism）的誇張比喻，來加以鞏固對於現實的批判和思考，並展示出生活中的某種荒謬。開篇的〈心滿意足的表現方式〉（Expression of Contentment）寫道：「我感到無比的　超凡的／舒適　連我的腳趾頭都移送／精神分析，甚至我的鼻毛都有了／自己鍾愛的洋芋片口味／（奶香焗烤　絕不能是燒烤風味）」這浮誇表達手法在華文詩作中不常見（有別於抒情為主的大傳統），但卻非常有效地形成一股強烈的感官衝擊，越是天馬行空與荒謬，越是能讓讀者會心一笑，甚至開始懷疑人生。將想像力給推到極致的作品，還包括〈居家小確幸〉（Domestic Bliss）、〈麥當勞伴隨的死刑〉（McDonald's with the Death Penalty）、〈兩種無情的準備方式〉（Prepared Two Ways Without Mercy）等。

除此之外，偉傑牛津歷史本科的出生，自然使他對新加坡社會的發展和歷史抱持著濃厚的興趣與關懷。其中有不少作品圍繞著新加坡生活與民生的主題，例如〈新加坡田園詩〉（Singapore Pastoral）、〈百匯廣場〉（Parkway）、〈在植物園野餐〉（Picnic at the Botanic Gardens）。關於戰爭與人文關懷的主題包括〈垃圾空間狂想曲〉（Junkspace Rhapsodies）、〈核詩〉（Nuclear Poem）、〈戰略性未來〉（Strategic Futures）、〈先知的最終警告〉（The Prophet's Last Warning）等。這些作品中，都能清晰地感受到他「以史為鏡」，警惕著即將發生的事情，也警示著讀者去關心這些潛在危機。

四、詩人的囈語

穿插在詩集中的〈遺忘飛翔，若夢〉（共七首）以及〈旁白〉（共十一首），更像是詩人串起了零碎的囈語，將不同的場景和精短的靈光一閃，串聯成兩則敘事。〈遺忘飛翔，若夢〉系列以散文詩的方式呈現，通過不明確的場景刻畫，預言人類對生活環境和人文關懷漠視帶來的後果：

之一：「漂浮在下水道裡的壞損飲料瓶罐有何意義？雞蛋花在沒有惜花者的情況下盛開有何

意義？」（節選）

之二：「嘴裡含著第五代抗生素甦醒。我的皮膚上佈滿了往事砌成的小鱗片。」（節選）

之三：「一隻隻小黑蟻無盡地從地毯下鑽出，像是被催淚彈擊中的示威者。」（節選）

之四：「我的筆記顯示，最後一次叫自己的名字是在八年前。」（節選）

之五：「一位沒有耳朵的男人端來一碗又黑又濃稠的內臟湯給我」。（節選）

之六：「小不點，你來告訴我，關於下一次的金融危機，我的掌紋揭示了什麼。關於全面革命的合理性。關於飼養無骨雞的進展。」（節選）

再來是〈旁白〉列系。在英文的原詩集中，這組詩被安排穿插在不少白居易英譯作品中，而作品多以短詩的方式呈現。雖然也展現出一些對於生活環境的關懷，如第一和第二首，但更多的是詩人的靈光一閃，捕捉到的時間與事物的片刻；並在大腦風暴後沉澱，使文字中閃現出靈秀之氣。其中，令我印象深刻的是第六首「我一直讓沉默積累了好多年／而現在他已點綴了一切／／一場毛毛雨，可使／政權交替」，以及第十一首「夜空將老星宿／清除／／然後空出了／廣告位」。

小結

偉傑在詩的創作上是位「多面手」。他不喜歡停留在某一種形式或格式上，他更注重將自己的關懷與所思所想，通過不間斷的新嘗試，玩出新的火花——這正是這本詩集的獨到之處。他總能換著方式、通過多樣的角度與手法，啟發讀者思考問題，並享受著他對於詩和文字的日常小趣味。

作為出版人和譯者，這邊廂需要將市場納入考量，那邊廂又需要考慮內容與翻譯的藝術風格等，整體操作起來確實不易。但我很感謝偉傑的信任，並給予我莫大的空間去嘗試，以及對詩集收錄的作品與排列方式進行修訂。相信本書出版後，能為「新加坡（華文）文學」增添新的參照，也通過華文翻譯，讓更廣大的海外華文讀者群多一個了解新加坡文學的途徑。

作為我第一部完整的翻譯著作，內心歡喜，但也深知其中仍有不足之處，希望獲得讀者們的建議與反饋。最後，再次感謝偉傑給予我這樣難能可貴的機會（咳，磨煉）！

心滿意足的表現方式

我感到無比的　超凡的
舒適　連我的腳趾頭都移送
精神分析，甚至我的鼻毛都有了
自己鍾愛的洋芋片口味
（奶香焗烤　絕不能是燒烤風味）

我組屋外的樹木
變藍了，我都未曾
言語

以及整個早晨的雲朵
懷孕了
懷上了刀子　我亦未曾言語

桌子比以前更乾淨了 ——
這塵埃
都已被滅絕殆盡了

如此瘋狂　　我卻如此舒適
我的大腿已變成了有機果醬
而我的舌頭也化紫了

　　　然而

除聖代以外
你可知道草莓
是何滋味？

居家小確幸

水壺將水沸騰得清脆啼叫
那紅毛猩猩又在泡澡了
胡姬花[1]將蟑螂吃得精光了
一名 DJ 宣布終止一切戰亂
　　　　　　需考慮將事物降解剖析
冰箱裡的橙子正經歷著慢性死亡
通姦依然是一個遙不可及的幻想
沒人給反對黨投票
廁所完成了它被告知的一切
　　　　　　被最可能是高級的鳥鳴聲喚醒
五分之一的餐具僅被用了一次
任何門都不能上鎖
雨的氣息滲透進了方糖中
每間房間都孕育了某個版本的真相
　　　　　　曾經的靜謐，如今更勝從前

---

[1] 胡姬花（Orchid）：新加坡將蘭花稱為「胡姬花」，其中就以卓錦萬代蘭（Vanda Miss Joaquim）為新加坡國花。

遺忘飛翔，若夢（之一）

全然在意料之內，鴿子聚眾變得不友善。死寂沉沉的空氣幻化成旋風。皺巴巴的紙巾若雪飄落在草地上。還有幾段人行道能接收到日頭。我們繞圈行走，直至破敗的地球核心。你問我：「漂浮在下水道裡的壞損飲料瓶罐有何意義？雞蛋花在沒有惜花者的情況下盛開有何意義？」這窪水因輿論四起而潤紅了。在反饋表上，我在自己發明的選項格子裡塗黑。

星期天

你的沉寂離開了我
向著地上的木磚嘆息。道路拓寬
持續進行。阿母又在做
頭髮。在紅山[1]一個男人斷斷續續地
尿入大水溝裡。踩在熟得發軟
的果實上，黏糊感與沙礫
在石路上磨擦。他們說，炸雞從未
如此唾手可購。美國認為
我們是印度尼西亞、是越南、是朝鮮。
議會今日休假，KTV 酒廊也休假。粵語說，
「等到頸都長埋」[2]。在我死後，
請將我寫關於繳交雜費的
長詩焚燒。當下回
選舉時，誰也別提及。
在那市集裡，那位大叔大抵是
民族主義的擁護者。新發展伴隨著
零售、煉油和爵士樂。趁低買入
與趁砲彈頭未發射前出售。
我否認一切，甚至否認我自己的否認。我希望

在茶包上寫俳句為生。
這國家最愛的性姿勢
無疑是「可以扣稅」。如同其他人一樣，
我哭了。我從地上爬了起來，
順道給自己來杯嗨波[3]。今晚
我會夢見一縷青煙
幻化成蛇，於小花蔓澤蘭[4]叢中
滑行，或是回家
或是去向他方，誰也說不准。

---

[1] 紅山（Red Hill）：新加坡地名，位於新加坡西南部。

[2] 等到頸都長埋：粵語，華文可直譯為「等到頸項都長了」，即等了非常久的意思。「埋」為粵語語氣詞。

[3] 嗨波（Highball）：英文音譯，一般指威士忌加蘇打水的雞尾酒。華文又直譯作「高球」。

[4] 小花蔓澤蘭：學名為 Mikania micrantha，俗稱 mile-a-minute，又譯「薇甘菊」。原產南美洲，因其生長速度奇快，奪取其他植物光合作用所需的能量，導致其他植物難以生存，是妥妥的有害植物。

以奢華重述傳奇

我的愛人是一束下垂的番茄[1]
水中的戴奧辛[2]含量是安全的

會議上我們將管理層點燃成篝火
一隻水獺在垃圾中尋找她的直系親屬

冰箱裡窩藏著比麻風更古老的惡意
除了傳單上的摘要，我現在什麼都不讀

我做的煎蛋捲滿是虛擬防衛安全的滋味
廁所不是為生者建造，而是為死者

我們所以繳交的稅款，最終導向用於火葬
你口中湧出的一系列要求使我驚奇

---

[1] 番茄（Tomato）：華文又譯「西紅柿」。
[2] 戴奧辛（Dioxin）：英文音譯，學名為「二氧雜環己二烯」。

旁白（之一）

某某日，我所說的一切
都會被記錄在水裡

某日，水管反胃和漱口聲
讓我濕了眼眶

其他時日，最單純的美好
像森林之火襲遍我的全身

今日，只有雨聲
掩蓋了我的哭泣

更新進度

**

母親赴往派對，裝束
像完美包好的禮物

以及用鉋同位素[1]
用攪渾了潘趣酒[2]

**

無線網絡，干擾
歌詞顯示的流暢

然後將我切割排列成
成生產的主要元素

**

這座城市溫和且無味
雞姦能獲得充足的補助

如同其他城邦，我已將暴行
擦拭乾淨

---

[1] 銫同位素（isotope of caesium）：「銫」的英文為「caesium」、「同位素」的英文為 「isotope」。銫元素的一個放射性同位素，是一種主要由核分裂產生的核裂產物。

[2] 潘趣酒（Punch）：一般指以不同水果混合而成的無酒精雞尾酒，常在派對或自助宴會上使用。

百匯廣場[1]

那位來自宿霧[2]的椒鹽脆餅師傅
曾在此歇下他滿是黑痣的雙臂
現在，開始將過時物品
進行拍賣。

一磅肉為一塊半。
一排排噴霧罐正閃閃發亮。
一陣志得意滿的哼唱
任意迴響在不同的零售區裡。

每半個小時，經理宣布
給穿著不同顏色的處女優惠打折。
一些乾豆子尚未感受
到太陽的炙熱。

我們往上走，卻蜷縮於
婚嫁現場發出的惡臭。
曾經，我們在這見過李女士，
斜靠在老舊的不銹鋼圍欄上。

來自砂勞越的麵條，從亞塞拜然[3]
發現的新香味，來自倫敦的一副部落面具。
精心策劃的靜謐
僅為了你和你的摯愛。

現在可以回去幹活了。

我們仍有好幾畝尚未遺失的睡眠
以及未出現在目錄中的天堂幻景。

---

[1] 百匯廣場（Parkway Parade）：英文原詩的標題為「Parkway」，在英語中可公園大道，在此指新加坡地方「百匯廣場」（也可指稱該地方的購物中心）或馬林百列（Marine Parade）一帶。

[2] 宿霧（Cebu）：為菲律賓的一座城市。

[3] 亞塞拜然（Azerbaijan）：國家名。國家位於東歐和西亞的十字路口，與亞美尼亞和土耳其為鄰。

麥當勞伴隨的死刑

我緩緩滑向櫃檯
聽著老掉牙的聖誕節曲子

最近都在想什麼，我喃喃自語：
是鞭刑，以及它如何在臀部落下疤痕

她低吟著，這也含膽固醇呀
只是尚未有人說它有毒

可畏的肥胖
可怖的肥胖

外頭，豺狼們正滿足於上午
伏擊四人以上的家庭，說道：

這是哪門子新年優惠券
毫無用處

榮光歸於炸薯餅！
讚美你，做得超乎的好！

姐姐，你說得對，完全說到了重點：
這些辛辣金雞塊正在腐蝕著我的下顎線

你們有賣豆腐嗎？
那種通紅得吱吱作響，以及嚎聲不斷的豆腐？

遺忘飛翔，若夢（之二）

嘴裡含著第五代抗生素甦醒。我的皮膚上佈滿了往事砌成的小鱗片。我們現在做的，都被勸說是不理智的。就在昨天，你帶回了一包病懨懨的餅乾。它們那股滿是失憶的味道，是我們成長並學會珍惜。我偶然間看到了一張大家圍在一起吃席的老照片。桌上燒乳豬的眼窩子裡塞著櫻桃。我找到了另外一張近乎相似場景的照片，但那隻豬竟和我有同樣的眼瞳。雨，慌忙地拍打在我的窗上。入夜時，因整晚疑惑「意義」是什麼而越睡越熱。

一本現象學食譜

把水燒開。將番茄去皮，或不去皮。
那件風衣真漂亮，但今天的勞動不太適合穿它。
將夕陽捕捉在你的平底鍋裡，並惶恐
於以你漫無目的地奔向墳墓。以做愛
打發時間等麵團發酵。不妨思考叉子
是你本體的延伸。扭曲叉齒
用以初次認識叉子。打雞蛋
選擇哪一把你尚未弄壞的叉子。小憩一會
然後醒來時刷新心情。那橄欖油
現在應當露出一絲焦慮。若你必須燃成灰燼
請遠距離觀望整個過程。
注意香菸燃燒時，其煙霧
如此清晰獨特。當叫比薩外賣時，
請忠於你的需求。要求沒在菜單上的菜品。
寧可餓死也不吃大家都在吃的東西。

新加坡田園詩

烏鴉帶來了新鮮
的氣味
是我們光榮焚燒死者的氣味

轉過街角
男孩們在排練著，征服
我們區域的夥伴

傳聞說這裡將被徵用為
太空港，或性旅遊區，儘管
這裡有一軍隊的蚊子

世界大戰
是一種
避免火葬的方式

舅公常跟我們說
以前這裡滿是
豬屎味

最後一隻老虎漫遊著
其甘油三酯[1]
極低

一個老人溺水，滋養著
蘆葦，而我們會用來
將米飯染成藍色

[1] 甘油三酯（Triacylglycerol）：指「血脂」，主要與膽固醇一起在血液中循環。

無用清單

1. 抱歉，我忘了枸杞；但我媽說沒有枸杞更好。是的，我應該寫下來的，但拜託，白果[1]正在促銷打折。

2. 《末日審判書》[2]記載，在「懺悔者愛德華」[3]的統治時期，金斯頓村[4]曾遭一位名為斯坦奇爾[5]的人所屬。事實上，持有它的是一位名叫瑟基爾[6]的人。

3. 大屠殺紀念館[7]裡的四百五十萬個名字。一百五十萬已隨風而逝。

4. 沒有女性。沒有同性戀者。沒有無神論者。

5. 是所羅巴伯生了亞比玉？還是亞比玉生了所羅巴伯？[8]

6. 《百家姓》收錄了五百多個中國姓氏。麥，一個常見的廣東姓氏，未被收錄。

7. 在《伊利亞特》[9]中的約三百行詩句裡，荷馬英勇地念出了所有前往特洛伊的希臘船隻和軍隊。大多數的現代讀者會跳過這些詩行。古代聽眾如何應對尚不清楚。

8. 「前往咖啡山[10]的路按計劃進行」，2012年2月4日。

9. 元素118，鿫，完成了第七週期。元素119將進入始料未及的第八週期。

10. 荷馬還聲稱列出了「木馬」裡的軍隊。他竟能在六十行內完成。

11. 我告訴你關於羅素悖論[11]，以及那位只給不自己刮鬍子的男人來刮鬍子的理髮師的例子。那理髮師會給自己刮鬍子嗎？你的回答一如往常：「他們應該找個女生來刮鬍子。」

[1] 白果（Ginkgo Nuts）：華文又譯「銀杏」或「銀杏果」；新加坡譯為「白果」。

[2]《末日審判書》（The Domesday Book）：是1086年由英格蘭國王威廉一世（King William I）下令編纂的一份全國土地和資產調查記錄，用於徵稅和管理。

[3] 懺悔者愛德華（Edward of Confessor，1003-1066）：英格蘭的「盎格魯撒克遜」（Anglo-Saxon）國王，因對宗教的虔誠，而被譽為「懺悔者」。

[4] 金斯頓村（Village of Kingston）：英國地名。

[5] 斯坦奇爾（Stanchil）：《末日審判書》中的地主人名。

[6] 瑟基爾（Thurkill）：《末日審判書》中的地主人名。

[7] 大屠殺紀念館：特指位於以色列的「Yad Vashem」（源自希伯來語）大屠殺紀念館。該館建於1953年，收藏了大量關於第二次世界大戰時猶太人遭受德國希特勒大屠殺的珍貴歷史記錄與文物，並紀念大約六百萬名猶太遇難者。

[8] 所羅巴伯與亞比玉（Abiud）：皆為《聖經》中的人物。「所羅巴伯」（Zorobabel）是在巴比倫出生的猶太人，

為猶大王國倒數第二位國王「耶哥尼雅」（Jeconiah）的孫子；率領被擄的選民從巴比倫回歸耶路撒冷，重建聖殿。「亞比玉」是所羅巴伯之子，其名僅見於《聖經》（新約）裡馬太福音的基督家譜中。

[9] 伊利亞特（Iliad）：是古希臘詩人荷馬（Homer）的強弱弱格六音步史詩。故事背景設在特洛伊（Troy）戰爭，是希臘城邦之間的衝突，軍隊對特洛伊城圍困了十年之久，故事講述了國王阿加曼農（King Agamemnon）與英雄阿基里斯（Achilles）之間的爭執。

[10] 咖啡山：新加坡地名，華文又譯「咾呸山」，是武吉布朗（Bukit Brown）一帶幾座舊墳地的統稱，位於新加坡中部的山丘地段，許多先賢與重要人物長眠於此。「咖啡山」以新加坡福建話發音，是民間的俗稱。

[11] 羅素悖論（Russell's Paradox）：也稱為理髮師悖論、書目悖論，是英國哲學家伯特蘭·羅素（Bertrand Russell）於 1901 年提出的悖論，一個關於「類」（Class）的數學內涵問題。

圖書館員

我在抄寫室[1]裡逗留太久，誤將
那些陰鬱的書脊當作
中央商務區。近日來
我用奧利奧餅乾包裝紙作為書籤：
它的佛青色[2]像「威爾頓雙聯畫」[3]中的天使。
我的公告與上主對亞伯拉罕的命令
有什麼不同呢？
我有異議，我拒絕蜂群思維模式
的法令。蠹魚的低鳴
將知識在流通中解構。
現在請降低你的音量，
以免引發階級意識。

今天我看到一位美麗的
八旬老者，她與大都市的大報間
已無區別。容我道來：
有人在我飲料裡下了些什麼，味道
就像無味的開水一樣。我的人生故事
一直像閃亮銅品上的毛刺，在新的館藏分類中，

詩歌被放置於
的乾洗另類歷史旁。

當我步至門檻時，病痛侵蝕著我的腸子。
我腦中的燈泡破碎成許多滋滋作響的碎片。
外面有著充滿鮮亮洋紅色的世界，那些男人的
手臂如黃蜂的翅膀，
還有用國際象棋棋子作為儲備貨幣的地方。

---

[1] 抄寫室（Scriptorium）：多指中古歐洲圖書館或修道院裡的抄寫室。

[2] 佛青色（Ultramarine）：指一種深邃而純淨的藍色，歷史上被視為極為昂貴的顏料。其顏色十分鮮豔明亮，常用於藝術創作，尤其是在歐洲中世紀和文藝復興時期的宗教畫作。

[3] 威爾頓雙聯畫（Wilton Diptych）：這是一幅便攜式祭壇上使用的裝飾品，大約繪製於1395至1399年間，畫家不詳，這是專為英國查理二世（King Charles II）私人定制的物品。此畫現由英國彭布魯克伯爵（Earl of Pembroke）收藏於威爾特郡（Wiltshire）的威爾頓別墅（Wilton House）裡。詩中的天使，指的是雙聯畫的左一幅。

旁白（之二）

尿在牠們身上前
我請求昆蟲的許可

若你仔細看這草叢
它們開始結出塑料袋

垃圾空間狂想曲

——向 Rem Koolhaas（雷姆 · 庫哈斯）
《Junkspace》（垃圾空間）致敬

我們已經數不清有多少子公司了
人們說，金錢，自身就是最好的獎勵

你女朋友會喜歡一株新的多肉植物
我們最近的顧客反饋達到了新高

人們說，金錢，自身就是最好的獎勵
經理在烘焙器具區裡長大

我們最近的顧客差評反饋達到了新高
你會想要一個越南戰爭的雪花玻璃球嗎？

經理在內衣區裡長大
為了安撫自己，我們買了一個新燒水壺

你會想要一個水門事件的雪花玻璃球嗎？
清潔工光滑的臉掩蓋了一段暴力史

為了安撫自己，我們吞下了一個新燒水壺
所有尺寸已售罄，除了小得可憐的那款

清潔工光滑的臉掩蓋了一段愛史
閉上眼睛，你彷彿回到了古希臘集市

所有尺寸已售罄，除了變形了的那款
你會驚訝於現在有多少東西以半價出售

閉上眼睛，你彷彿回到了大市集
我們這裡可以重新包裝禮物和房貸

你會驚訝於現在有多少東西可免費提供
空調現兼具消毒功能

我們這裡可以重新包裝禮物和房貸
對不起，我幫不了你，難道你沒看到我剛辭職嗎？

我們才發現我們有多少子公司
空調兼具吹出再感染源的功能

你女朋友會喜歡一個新的瑪瑙叉勺[1]
抱歉，幫不到你，吾僅小主管也。

[1] 叉勺（Spork）：一種結合叉子和勺子的餐具。

生命的衝動就是這樣。

我想像著你模糊的臉從一面鏡子跳到另一面鏡子。

它如何像龍一樣捲曲並擁有生鐵鱗片。

杯子的最終原因是資本主義。

潮濕路面上的雨味是私密的。

告訴我　我們什麼時候可以討論布料的合作。

表面拒絕閃爍。

我去過的每一座紀念碑，都瀰漫著 A+ 型血腥味

你往往是自己的超級英雄。

人類的未來是三噸各種合金。

別忘了回覆，無法驗證的神。

遺忘飛翔，若夢（之三）

沏茶，我狠狠地牛飲下濃濃的普洱。我的視線霎時孕育出滿滿的神秘象形文字。從死去的開發員身上散發出來的病毒，吞噬了整個部門。那櫃子，自一九九三年以來，就沒有被打開過。一隻隻小黑蟻無盡地從地毯下鑽出，像是被催淚彈擊中的示威者。昏迷的部門主任，躺著，鼻腔裡沉入了一桶的餅乾碎屑。背景中不時有微弱的抽泣聲。新的程序與步驟總是如此積極地推陳出新。逃亡的獵物，小鳥最終飛砸在窗前，幻化成蝶。我手裡拿了些水，專心地，聆聽著它對鹽的記憶。

折扣革命的筆記

日子豐腴而無味
即便飽腹，仍到處垂涎

無人機出擊，殲滅了最後的
蘇美爾人，加深了白日的嗜睡症

光滑的石頭並無過錯，握住它
我看到商業利率飆升

亡者，你那堅持不懈的幽靈閃爍如玻璃紙般
我將你的碳足跡刻在你的墓碑上

本月星座運勢說反恐戰爭進展順利，但
我們所有的孩子出生時都不孕不育

當我聽到「肛門癌」時，我看到煙火光輝燦
爛的淡紫色
善良是休眠階級的戰爭

燉湯上的油脂凝結成一層薄膜
在上面，我看到有人尖叫

給員工的小費，用於香港購置核武器
今天，海洋平面上升，以及用保麗龍盒來窒息
　　　　我們

把你的衣服晾在臨時搭建的科林斯式柱子[1]上
在這個濾鏡下，月亮的寒光傳遞著古老的智慧

「這是奇異點」—— 我在便利商店裡大喊道
除了棒棒糖半價，其餘的一切都免費

---

[1] 科林斯式柱子（Corinthian Column）：這是一種古希臘風格的柱子。柱頭是用莨菪（Acanthus）葉的植物作裝飾，形似盛滿花草的花籃，其柱身裝飾著葉形裝飾和捲軸的精緻柱頭。雅典的宙斯神廟採用的正是科林斯柱式。

愛在間歇性斷食時

當下持續存在，遺憾是，往昔
被消化成一個黏糊糊、無味的球。怪是美麗的，
我們像是新興人種的研發樣本在舞蹈。
在冰川消失之前，聯繫於我
並給我們留下一灘死水作宵夜
阿斯巴甜[1]的苦澀，縈繞著我
像是「繞葉的傳奇」[2]一樣。你說著雙套結[3]
就只是兩個相同的半結，然後建議開放式關係。
清潔工知道我們的秘密，由他臉頰上若龜裂的
瀝青和吱吱作響的軍靴可知。請告訴我你討厭我，
但別在蘆筍發芽季節裡說。
我經常想起，我們痛苦得無法釋譯。
光芒如碧玉，將我們的臉龐映照得瘦削些，而
幸運的是，他們的開胃菜、主菜和甜點皆已售罄。

---

[1]阿斯巴甜（Aspartame）：是一種低熱量的人工甜味劑，常用於各種無糖或低糖飲料和食品。

[2] 繞葉的傳奇（leaf-fring'd legend）：詩人引用了約翰‧濟慈（John Keats）的《希臘古甕頌》（Ode on a Grecian Urn）作為典故／互文，原文翻譯為「繞葉的傳奇來妝點形體」（What leaf-fring'd legend haunts about thy shape）。這裡的「繞葉的傳奇」可理解為葉子的邊緣，或是裝飾框邊，而「傳奇」指的是故事，整句可以解讀為「是什麼關於葉子邊緣的故事可以一直圍繞著希臘古甕的彩繪」，即一種反覆地自我詢問與哲學思想的拷問。

[3] 雙套結（Clove Hitch）：是一種由兩個完全相同的半結組成的繩結。

旁白（之三）

我是一棟廢棄大樓，警鈴
不斷地響著

故事來找我時，遺漏了
最初與樓梯間

死亡極其礙事，我試著
繞過它

修道院迴廊

一位未知神祇的臉龐
在焚燒的法式火腿蛋吐司中閃耀

蘋果的吸引力
已大幅減弱

凝望洗手間裡鏡中的自己，我感受到
魔力，緩緩從我身體裡流失

聖靈從杯子蛋糕的中心滲出
句句話語都低沉而無關緊要

僧侶們在角落裡詠唱著「真善美、美善真」
這裡接受新生命，以及美國運通卡

當我欣賞著每一口牛角麵包，在滅蟲燈下
閃閃發光時，我心想：

這痛楚除了是主的臉龐
那棱角分明之美的預兆外，還能是什麼？

教義問答

一位自學修行者，如今
是那位已谷歌了的人

為了推銷你的書，我們將封面封上
一抹嬰兒的氣息

一位文藝復興者，是已讀過
維基百科的人

我約會的男生不大可靠，就像
他臥室裡的無限網絡一樣

一位專家
是一篇期刊文章

異教徒崇拜
艾略特[1]，而不是菲利普親王[2]

一位天才　在線上論壇

發起了一個議題討論

李光耀大喊「默迪卡」[3]，而你
在盯某人吃一大碗日式拉麵

所有知識的奇異點
正睡著午覺。

---

[1] 艾略特（Thomas Stearns Eliot，一般簡稱 T. S. Eliot，1888-1965）：著名英美詩人、散文家和劇作家，作品包括大家熟知的《J. 阿爾弗雷德・普魯弗洛克的戀歌》（The Love Song of J. Alfred Prufrock，1911）、《荒原》（The Waste Land，1922）等，其作品深深影響後世。

[2] 菲利普親王（Prince Philip，1952-2021）：愛丁堡公爵，是英國女王伊麗莎白（Elizabeth II，1926-2022）二世的丈夫。

[3] 默迪卡（Merdeka）：音譯自馬來文，指獨立與自由。新加坡在 1950-1960 年代，各種獨立建國（當時指馬來亞）的情緒四起，在不同的場合裡，經常使用「默迪卡」作為口號。

在植物園野餐

大家一致認為是布利奶酪
太便宜了，但桃紅酒[1]卻擁有著
純粹的志向。

酷熱如同天拿[2]灼燒頭皮，視線漸亮，
彷彿綠洲裡的一窩眼鏡蛇。男人和女人，如是
在灌木叢中交歡。

風橫掃我們的自滿無知，
以關於政府補貼
的宣傳手冊擊打著我們。

蒼鷺討厭我們
和我們這些嗜糖的身軀。

終於，我們覓得一處
不受各種期望壓制的地方 ——
雨季來了。

我們試圖愛上香灰莉木[3]
但這數十年裡，它卻
將自身大隱於市。

---

[1] 桃紅酒（rosé）：又譯「玫瑰酒」或「粉紅酒」，是一種介於紅葡萄酒和白葡萄酒之間的葡萄酒。它的粉紅或淡紅色調源於製作過程中短暫的葡萄皮浸泡。

[2] 天拿（Thinner）：「天拿」為新加坡音譯俗稱，是一種常用的工業、油漆、繪畫的稀釋劑。它具有強烈的刺激性氣味，並且對皮膚和呼吸道有一定的刺激作用，會產生灼燒般的感覺。

[3] 香灰莉木（Tembusu）：新加坡也以此樹名來為地方和住宅大樓命名，英文學名為 Cyrtophyllum Fragrans，是新加坡和馬來西亞一帶常見的樹木。可長至 30-40 米高，每年開花兩次，花朵呈乳白色，隨著樹齡的增長逐漸轉黃，其香氣在晚上尤為濃郁。該樹果實成熟後變成紅色小漿果，是鳥類與果蝠常吃的食物。

遺忘飛翔，若夢（之四）

學會愛，是廉價的複印品。新方言在我舌尖上結晶，若粗糖那般 —— 當睡意來時，它如同醇厚的岩漿襲來，並融化在我的額頭上。憋在喉腔裡的咳嗽開出了一顆異形的球狀果實。我的筆記顯示，最後一次叫自己的名字是在八年前。藍色的霧氣解開了我的襯衫，並將口乾舌燥的我遺失在路邊。我看著鏡子，將眼睛看成了一副骰子。我的頭髮掉落，成了血跡斑斑的一團污垢。學會愛，是廉價的複印品；錘子外部將金屬與更不情願的金屬連接了起來。

兩種無情的準備方式

從我腸子蠕動出一群
結巴的鴿子

盤中橫陳的焦鴨散發出
它自身獨有的恐懼

進食是一種
再循環

一聲刺耳的呱聲穿透了玻璃包圍著我 ——

我將翅膀折疊於胸前
準備離開

濃稠的蘑菇忌廉綻放
在我心頭上

這是超乎了那和平前
的平靜

我口腔上顎滿是生疼潰爛
的口瘡

先知的一天

——致黃佩南先生[1]

城市潛浸在我受背叛的記憶力。曾幾何時
富饒的地域，現在剩下焦痂與傷疤，壞死
的氣味溢滿了阿嬤午後的病房。獨裁者
過著美滿的生活，連腳趾甲也得獲免災難的庇佑。
我的先祖是肥料養分，我是結在枯萎藤蔓上
最後的果實。因瘧疾而瘋狂，我們開始崇拜
唾手可得的貸款。日復一日的迴聲
都像是最後的。注意，那精英頭目的晚餐之豐盛
直至他們再也咽不下去。這破碎的夢，像
摩天高樓，像廉價洗衣店，像當舖的人龍
排到另外一家當舖。空間充裕：
這廉價是從死者手中搶奪來的。只有那一張選票算數，
我們都知道是誰的。移民是大大地
浪費時間。我按照十二贈一[2]的麵包店市價，打了折
將我女兒們賣了。交通環島失效，我的車困在
這了無精神的火海中。我一直步行，直至找到
觸目可見的道德。看那成群的碩鼠，
還有牠們毛髮整齊劃一地撥動，牠們準備好

放手摧毀所有。明天，那卦象說，我將把兒子們從遺囑中剔除。

[1] 黃佩南（Wong Phui Nam, 1935-2022）：生於一戶吉隆坡土生華人家中，馬來西亞經濟學家與詩人。黃九歲學習英文，後喜歡上詩歌，並在馬來亞大學（新加坡分校）求學時，開始鑽研詩歌以及給大專生文學雜誌投稿。

[2] 英語原文為「Baker's Dozen」，指十三的意思。

核詩

死亡降臨在一切可移動之物
以及在無知中
將能力焚毀殆盡

就在昨天，總統
賣給我　佈滿了蜘蛛
的叉燒包

梅花
暫時
使我冷靜

為了我們的文化
請　　請　　請
向前邁一步

所有民族的命運
都是為了引爆
其他較弱的民族

整個世界，繁花
似錦　而芬芳將我
染粉

僅需五十人民幣　你就能將
中國夢
刻在你背上

旁白（之四）

我絲毫不差地小憩了
四十三秒

醒來時，我的嘴唇
成了設計師品牌

牆上的鏡子映照著相同的牆紙
而眼見未必為實

戰略性未來

抗病毒藥物漲價了，但
豬肚卻跌價了

屠殺無法預測
但能提前押保於未然

新型債務種類，以及羅馬椰菜花
日日都有新發現

發福的臥蠶
撐起了我的視野

櫻桃可樂的血流淌
至我的人中，流入一汪無力的海洋

「常用的糖尿病藥物，可能引發
生殖器的『食肉性感染』」

紳士們，倫敦是一個興旺
的廉價市場

比紙更白的聖代
洗滌了我

牙醫說
現在該向你道賀了

遺忘飛翔，若夢（之五）

當然，將會有一場革命。僅限本月，寺廟驅魔服務半價優惠。男人們擺好攤後，因假春藥的聚頭結緣。這一頁菜單解碼了宇宙最高的奧義。另一邊則是四川花椒和皮蛋已然售罄。一隻螃蟹從沸騰的高湯中爬了出來，並搖身成為了警察總長。我翻了翻褲袋，翻出了一把刀子和一張九〇年代的超市優惠券。一位沒有耳朵的男人端來一碗又黑又濃稠的內臟湯給我。我的頭、肺、手臂、鼻子、大腸、腳踝、喉結和心臟都被下了藥。

先知的最終警告

我的身體是一隻甲蟲
大腿才剛經歷了大遷徙

每天早晨我可以是不同種類
若被擠壓成形的即食玉米食品

我對路人喃喃自語，在火發明之前
一切都更好

人行道在散布著謠言
關於最新的清潔科技

我曾經熟悉的街區被吞噬後又吐出
現在，每個人都在記憶上撒尿

穿越低生育率地區時，我的腳趾發麻
這裡的公寓大樓，完全由塑膠吸管搭建而成

這裡的麵條，最好搭配工業廢料食用
八哥因食同類屍體而變胖

自去年六月以來，我因被宣傳而增肥三公斤
幾乎遭所有的星巴克禁足門外

曾幾何時的純白，變成了炭黑並帶有甲醛的氣味
道路溶解，孩子們在液態瀝青中嬉戲
老房子已連根拔起，離地而去
有大企業的老鼠取而代之
今天，那老巫婆走到我面前說
迄今，生活只是過往不間斷的投射

食肉者的日間狂想

我已與所有的聯繫失去聯繫
每日，我們每日決定該將誰送入天堂

我們已燒了四隻羊和一公噸的麵條
世界末日應該多發生幾次

每日，我們每日決定該將誰送入天堂
水資源似乎仍然相當充裕

世界末日應該多發生幾次
請取消五月份所有預定好的多人運動轟趴[1]

水資源似乎仍然相當充裕
一隻手像手榴彈一樣抓住了我的心臟

請取消六月份所有預定好的多人運動轟趴
尚不清楚正義者是否能得以倖免

一隻手像手榴彈一樣抓住了我的心臟

再這樣下去的話，我們將只得停止時間
尚不清楚正義者是否能得以倖免
在家裡，有些角落比其他角落更寬容

再這樣下去的話，我們將只得停止時間
我試著不使用任何元音了來拼寫自己的名字

在家裡，有些角落比其他角落更寬容
雲朵露出一絲奸險的笑容

我試著不使用任何元音了來拼寫自己的名字
飛機似乎是罪魁禍首

雲朵露出一絲奸險的笑容
你感受到的不適是悲傷

飛機似乎是罪魁禍首
這個世界已無處可藏

你感受到的不適是悲傷
以及你感受到的安慰是死亡。

[1] 英文原作寫作「Please cancel all planned orgies in the month of June」，翻譯時「多人運動」指「雜交性愛派對」（orgies）。華文語境中，「多人運動」常用於八卦雜誌或娛樂版。

旁白（之五）

拜託就一個小冰塊
配上一壺濃郁的罌粟鮮血

是我，還是所有的調酒師
都長了一雙樟腦丸眼？

盛宴

醇香　　　　　　　　的街燈
　　　　　　　　　　　盛裝

　　　　　　　　　　　的大都之神　以及
　　　　　　　　　　　他的男友

在他下方
　　　　　　凝視
　　　　　　　　　　　　　他們　流淌，及
　　　　　　　　　　　　　　　　捲縮，及
　　　　　　　　　　　　　　　　低嚎，及
　　　　　　　　　　　　　　　　咆哮

　沒有任何的夏天

　　　　　　　　　　那裡　　　沒有
　　　　　留下任何驚喜　　　但

　　　　　　　　　　　至少

那裡
不
收開瓶費

走進河裡　　赤裸　　　　但穿著
襪子　　；

那河流　　那熟悉的
我們　　　　　　　聞起來
像一場文明交易

怪物

在機器的核心裡，藏著一顆冰凍的芒果
近日因嗜屍而肥

孩子們，燈泡作牙齒，誤把
他們的夢想當成金錢

煮著垃圾，他們夢見
用精製麵粉和白糖製成的食物

不同大陸板塊相互啃噬
興致淡然

你可知道布莉歐麵包是
是近親亂倫的產物？

源自螺絲和廢鐵的蛹
誕生出一個滿是鏽氣與炸薯條味的嬰兒

我曾見過總統的內臟，健康的粉紅色

若熱狗和燒烤醬

夜晚，蟋蟀在柴油和醬清製成的
肉汁中滋滋作響

別走：
現在菜單上價格統統翻倍了。

旁白（之六）

我一直讓沉默積累了好多年
而現在它已點綴了一切

一場毛毛雨，可使
政權交替

事物的自然定律

我的鄰居預言了藝術的
消亡。我阻擋在事物的自然
定律之中。抑或是「對抗」？

病痛從洗衣籃中
冉冉升起。麻雀拍打出
細胞因子風暴。我的牙齦流出若月亮般的血色。

他們稱我為昏亂之源。待會
地牢見，乾燥，但最好濕潤。
玻璃瓶在我觸及時粉碎。

我的器官被壓扁在
頭骨裡。雨如謠言般降臨，不是為了
緩解欲望。我們一同看著黃昏急逝。

我對抗著事物的自然定律
有些事物時而感覺舒服，時而
不然。小心，小心點，好嗎？請再小心點。

是什麼擾亂了這富饒的土地

I.

是什麼擾亂了這富饒的土地，以及那橫行
猖獗的種種便利？
唯一微乎其微的危險是鼠患 ——
吱吱　　吱吱

II.

鎮上的報信人喊道：
並非想要憋著

在家中我品味著
這特殊的特殊性
在這特殊的地方

III.

今天，我走在街上
那裡什麼都沒有
但那的氣味，近似遠方

遺忘飛翔，若夢（之六）

這是我們噩夢裡的遊樂場。我們挖著挖著滿是蒼蠅的沙，再來發現一些來路不明且光滑閃亮的圓盤。遠處，站著一位無嘴男，他很隨意地結起了象徵無政府主義的手印。

我們繼續挖掘。陽光得意地映照在圓盤上，顯露出難以辨認的字跡。無嘴男說：「小不點，你來告訴我，關於下一次的金融危機，我的掌紋揭示了什麼。關於全面革命的合理性。關於飼養無骨雞的進展。」我們看著自己骯髒污穢的手掌，以及漲到發紫的臉龐。無視著示威遊行，那男人放火燒毀了他收藏的罐頭肉。尖叫聲傳到了下一個路過的郊區。

難民

透過檢查我們的糞便，我們可以
分辨誰將永生

我們緩慢地接受了被分配的
痛苦和蛋白質

風將我們的話語重組
成一種不穩定的控訴

凋萎的夏日田野，誠邀我們
歡舞進城

鳥不生蛋的地方

今夜公園裡又有
鬣狗出沒。融化的北極的寒氣
舔過我的太陽穴。

曾經營糖果店的阿伯，現在
成了穿著背心的三隻貓。某些社區裡，鳥糞
可作為貨幣。基本的「必要服務」已再無必要。

我在教那些快死的人如何說
「August」[1]。我們都做過同樣的夢，
夢見柿子，緊實且滿是肉桂的氣味。

代替廁紙的是，過氣而油亮
經濟增長的紙頁。我不停地起床
去尿尿，一次一次又一次。

昨天去世的女人
是電梯播報員的聲音。河流散發著
高檔殺蟲劑的氣味。

把你的手掌給我，小伙子。
你的生命線超出了我的理解範圍。
其他事物也將不復存焉。

[1] August：在英文裡有兩種讀音，除了大家熟悉的八月（ˈɔːgəst），亦有威嚴與令人敬畏的意思，一般指社會地位高的人，此時念作（ɔːˈgʌst）。

創世紀

打擾一下，您能告訴我
到達「下階段的發展」最近路線嗎？

我剛剛從一鍋有著最興高采烈
的離子的熱湯中浮出

在這些電力梯田上
綻放著許多孤芳自賞的花卉品種

微電路就像是冰冷酸性
流言蜚語的字謎

這裡只有一種問候方式
但我還未掌握它

旁白（之七）

這貓是狗是豪豬
是一群帶電的紅吳郭魚是一片熱蘋果派

真相浮出水面在打盹
而我們以玫瑰令其窒息

部分或其他數字

當人，是一項
不斷持續的活動

大多數時間都花在，下載
最新的更新

今天，我在信封背面
發現了一些新數字

宇宙發出像
捲心菜被切碎般的聲響

他告訴我總有一日，我們終將
以輝煌的灰色佈滿大地

瞧著暴雨如何工於心計，對抗著
我們的美好意圖

你知道嗎——

從始至終 未有一刻
歷史如此充斥我們

真是，有趣

語言是個醃黃瓜

語言是個醃黃瓜
我的舌頭嘗不出　　任何味道

一隻蝙蝠從我的喉嚨裡飛出　　緊抓著
一樽陶瓷花瓶

幫幫我吧
魅惑者

我已經垂涎
三尺多

定義

是一種朊病毒
一折再折
那曾經具有意義的
陷入瘋狂

旁白（之八）

當我用「潛流」一詞時，我幻想著水銀
在我舌尖上生出珍珠

說了這麼多，讓我倍感飢餓
比在泰迪熊裡的跳蚤更餓

新生活

有些我落筆的小說
在夢中，但它們
卻在有意識的乾燥空氣中蒸發了

密涅瓦的貓頭鷹[1]飛過
我的喉嚨，並撕碎了我的心
迅速化作美味的沙拉

一枚手榴彈在我手腕的靜脈下方碎裂

一本內衣褲目錄劃過且盯著我看 ——
我以止咳露
替代了鮮血

---

[1] 密涅瓦的貓頭鷹（Owl of Minerva）： Minerva，又譯「彌涅耳瓦」指的是雅典娜的貓頭鷹，其所代表的是，希臘智慧女神雅典娜，以及她在羅馬神話中的化身密涅瓦。因此西方世界，常以「貓頭鷹」成為知識、智慧、敏銳和博學的象徵。

新世界交響曲

血液在光禿的田野中凝結，
今日特備菜餚
一條不知悔改的鱸魚

這些純產物[1]，對我們來說過盛了
但至少它們不帶有任何
企圖

我記得那時代廁紙
並不存在

那遠處的聲音為何如斯像
德弗札克的第九號交響曲？[2]

這是從暴政中解放的自由

這座記憶宮殿是給那些尚未降世的新生

[1] 林偉傑原詩中「the pure products」，此句靈感來自威廉·卡洛斯·威廉斯（William Carlos Williams）的詩〈The pure products of America〉（按譯者譯作《亞美利堅的純產物》，本詩又名〈To Elsie〉（致愛爾西），原載於詩集《Spring and all》（春天及一切），1923）。

[2] 德弗札克（Antonín Dvořák）：指著名捷克（Czech）音樂家，又譯「德沃夏克」，他的第九交響曲為 E 小調的《From the New World》（新世界交響曲，又譯作《自新大陸》）。

遺忘飛翔，若夢（之七）

大地皺起了深深的眉頭。青龍木因疼痛而變成了橙色。在陡峭、靜謐的山崖間，瀰漫著憤怒的霧氣。你的臉龐，讓我聯想起一堆可隨時引火的乾燥物。散落四周的塑料瓶子，暈照出你康潤的核輻光芒。空氣中的塵埃是最後一個發了瘋的文明留下的。至於你的問題，我沒有任何答案。森林裡充斥著新上任農業副部長的流言蜚語。身後背景裡，警報敲響了一個嶄新時代到來的美妙。你告訴我將微波爐裡的餐食取出，準備開始野餐。

旁白（之九）

這首詩表現正常，因為你正在閱讀它。
否則，一般上它都到處撒野。

代理型孟喬森症[1]

我的眼睛是攝影機
而這些手指
也是

為了你好 ——
我來檢視你
確保你毫無瑕疵

你活著的每一刻
你都似煙火般
壯麗而赤焱
在這切爾諾貝利[2]的天空下

---

[1]代理型孟喬森症（Munchausen Syndrome by Proxy）：又譯「對自身的做作性障礙」，指照顧者故意誇大或捏造受照顧者的生理、心理、行為或精神問題，甚或促成該等問題的心理疾病。

[2] 切爾諾貝利：英文作「Chernobyl」（又譯作「車諾比」），此指 1986 年蘇聯烏克蘭時的發電廠核災。

旁白（之十）

有好多地方的水果
從未被採摘

它們落地、腐爛，滋養
了下一代無人採摘的果實

信條

我相信早晨睡醒容易失足
以及男人刮鬍子後
的清爽氣味

我相信在冰箱的冷凍部裡——
那堡壘
超值裝堆疊著超值裝
的日式紫菜炸雞

我相信偉大的、結實的、肌肉發達的國家，會設置
指定的撒菸灰道，並鋪上一床的鵝卵石，
好讓菸灰滲透到土壤裡

我相信空氣炸鍋

我相信的神
祂根本不知道自己在幹什麼

我相信不必
一天打七次手槍

我相信黃金葛，
那無所不在的發財樹，又稱魔鬼常春藤
拒絕開花，但其肆意
生長，從不懈怠
這能勒死人的攀援植物，終將一日
繼承
我們這糜爛、空虛的世界

我相信死者
與他們的沉默

我相信純粹
的恨意

我相信塑料，那種
包裹著你心臟，並保護著你
使你免於現實生活

我相信至少我們在極樂天堂時
我們仍然能感受到倦怠

我相信情慾使你清醒
去尋找更多新式
的藤製家具

我相信冷氣

我相信購物中心裡
你可能在不遠處的鏡子裡
看見另一版本的自己
穿著 Polo Ralph Lauren，
拖帶著三個孩子

我相信豬肉，這「禁肉」
那油膩清脆的嘎吱聲
或許遭禁是因為實在太像
—— 人類

我相信
不刷牙，能讓那惡臭味
真正滲入骨子

我相信美麗
是一把火焰刀

我相信那全球化能掀起
二十八個
內衣褲品牌

我相信鎖骨
和顴骨

我相信假貨

我相信虛假能在你大腦中鑽洞，
孵化出假的蛆蟲，啃食著你
的身體，並將你蛻化成
一家假貨製造工廠

成日拉出假貨，高仿的輻射性
假貨，外加流著膿水的假湖

我相信
味精

我相信死亡是
將身體回歸於正常

我相信使自己緘口不語
在他們
殲滅我以前

我相信這塊土地
不斷在打折優惠

我相信老人活下來是
繼續向我們撒謊

我相信那無意義的恐懼
促使我喘不過氣

我相信太陽會一直將我們圍繞
知道它最終
孵化出自己

我相信那咀嚼了，又將我
黏合起來的字眼

我相信並篤定沉默
的毀滅性

我相信身體在慢慢地
消耗自己

我相信我們或許在
外星人清潔工的夢裡

我相信愛。

我相信那能幾乎
完美地將我們死後復活的
程序

我相信時間是
種集體迷思

我相信時間可能是
星際貨幣

我相信時間正在
流失耗盡——

　　　反正也太多了——

就讓我臉書上英俊的小機器人告知我
「時間就像是一把殺豬刀，
晚安。」

奇蹟時代

恐懼吞噬了
我們的腸道菌群　而郵局暫停了

人身保護令

我已等待五十年　　　　為了自來水
以及液態乳酪噴霧

我在主的面前不情願地
冒汗　　雲層冒著泡
充滿氯氣

天使道　　　　　批發折扣

光芒削去了　　　我手腕上
十磅的重量

我回到了地球
帶著新的曆法　　　月份以

神經毒劑命名

抱歉？　　我試圖用過時的技術
聯繫你

請原諒我

旁白（之十一）

夜空將老星宿
清除

然後空出了
廣告位

詩人後記

生活在語言之間 ◎ 林偉傑（譯者：汪來昇）

我的詩作是在新加坡這個多語言的「灶跤」[1] 中醞釀而成的。「翻譯性」（translational）和「語際性」（interlingual）—— 即存在於語言和語言之間的狀態，這於我而言，是再自然不過的存在了。我指的不僅是新加坡式英語（Singlish），也包括我們那若克里奧爾語[2]（creole）般自然形成的多語糅合的獨有語言。正在閱讀的您，應或可能是「台語」[3]（閩南語語系）的用語者。回想當年第一次到台灣時，很驚訝地發現「最近」一詞竟然不是新加坡福建話的「ba lu」—— 因為新加坡福建話借用了馬來詞彙「baru」，來表示「新」、「剛才」或「最近」。同時，我也在這趟旅程中，赫然意識到台灣原住民和馬來語同屬「南島語系」（Austronesian languages）。當時，台灣的原住民導遊告訴我們，她的語言裡，「吃」也叫作「makan」。歸國後，我對語言的看法有了大反轉。那種將語言和族群綁定在一起的既定想法逐漸解構，而本來劃定語言界線的藩籬也迅速鬆動 —— 雖然當下我並未意識到，這對我後來成為詩人有著重大的影響。

同樣的，我並不認為英語是一種單一的語言，正如我也不認為華語[4]是一種單一的語言——更遑論將華語中的各種方言視作鐵板一塊之荒謬。有資料顯示，英語中有近八成的詞彙是外來語借來的詞彙；華語佔比雖低，但仍相當可觀，著實令人驚訝。例如「蜜」一詞，被認為源自現已滅絕的印歐語言「吐火羅語」（Tocharian），該語言曾在現今新疆一帶使用。這意味著，儘管有千里之隔，「蜜」與英文的「mead」（蜂蜜酒），是可以追溯至同源。另一讓我驚訝的是「畢竟」一詞（我最喜歡的詞彙之一，因為它精簡有力地傳達了「毋庸置疑」且略帶「勉強了事」之意），而其語源也可以追溯至梵文。另一則我最喜歡的語文小趣事是「茉莉」一詞，與其餘新加坡的另外兩個官方語言並列時，馬來語和淡米爾語（被統稱為所謂的「母語」（Mother Tongue）[5]）對茉莉的稱呼非常近似，皆源自梵語——當我說「茉莉」時，你說「malli」（淡米爾語），他說「melati」（馬來語）。因此，我認為「語言」本身並不是如此涇渭分明的，更像是一套錯綜複雜的纖維系統。我們現在所熟悉的語系語種分類，往往不僅不夠充分，甚至還具有一定的誤導性。語言本身更像德勒茲（Deleuze）和瓜塔里（Guattari）所稱的「根莖」（rhizomes）：「不像樹身或樹根的直接關係，而是『根莖』一般，可以將任何一點連接至任何其他點。」[6] 取任何一個語言中的任何一個詞，它都有可能是通往另一種語言的「鑰匙」，解鎖千百年的語言秘密與被遺忘的歷史。

我刻意模糊語言的界線並不是為了貶低翻譯者的工作（尤其本書的譯者，非常才華橫溢的來昇），而是為了讓那些常將翻譯作品附加上一堆「英雄比喻」（heroic metaphors）的人感到不舒服。同為譯者，我認為我們並非是在搭建文化橋樑或是充當兩岸之間的擺渡人。因為這些說法往往刻意誇大了兩個語言之間的差異，更甚者，這些差異往往因官方分類和國家政治而遭固化——好了，不說了。我們之所以能「翻譯」，是因為語言和語言之間，本來就存在著巨大的因緣際會，而並非是如此迥然與獨立。事實上，如上述所示，語文之間是積極地「交際」的。像好多詩人那樣，他們常常水乳交融地彼此親密接觸，互相影響與滲透。

寫詩意味著對被「污染」和「腐化」敞

開懷抱。這也是為什麼《大重啟》的英語原版《Anything but Human》中包含了許多白居易的詩作英譯（儘管譯者來昇認為，若將這些再重譯回華文感覺有些尷尬）。英譯白居易那些精短雅致的唐詩，為我提供了一條擺脫靈感困境的途徑，幫助我走出過於繁複和晦澀的泥沼。自此，我相信翻譯具有種「自我救贖」的價值，它是一種打開詩人創作的經絡——借中醫比喻。當我們的翻譯不再侷限於「母語」的固有規範，我們才能學會轉彎並打破常態。這種狀態，正是詩歌的「完美」狀態。

儘管如此，我始終認為這些詩早已被翻譯，因為我從未只想與單語讀者（英文）對話。即使我面對的是單語讀者，我也會想方設法在他們心中種下一顆尋思語文之美的種子。（此處我將自我矛盾地說，詩歌歸根結底是一種「個體語言」（language of one）——所以就做你自己的「個人語言」吧！）然而，現在有了來昇出色的華文譯本後，我卻發現自己像一位波赫士式[7]（Borgesian）的主人公，困惑於究竟何者是原作，何者為譯作。答案當然是：這已無關緊要。

[1] 灶跤：福建話，指廚房，發音為「zao-kha」，也寫作「灶腳」。

[2] 原文使用「creole」（克裡奧爾語），原指一種美洲或加勒比語言，由歐洲語言和其他語言混合而成，是美國南部和加勒比海地區的主要語言，後延伸意為多種語言糅合混雜的語言。

[3] 2021 年時，台灣文化部臺灣閩南語的名稱改為「臺灣台語」，但民間依然多使用「台語」指稱；不同國家和地區，例如新加坡和馬來西亞，則使用「福建話」統稱閩南語語系。

[4] 不同國家與地區指稱「中文」、「國語」、「漢語」等時，在不同的考量下有不同的名稱；新加坡在書寫時用「華文」，而口語則使用「華語」，狹義來說，並不包括新加坡其他華語文「方言」。

[5] 母語一詞在不同學科和地方使用時，有不同的定義，一般以孩子出生後接觸到的第一個語言為「母語」。新加坡在 1965 年獨立後，因將英語、華語、馬來語和淡米爾語定為四大官方語言，因此將英文以外的三語定為「母語」。此舉當時受到不少語言學家的反對，因為當時華人家庭裡的主要語言為方言（即福建話、廣東話、潮州話等）；印度家庭使用的各種語言就更複雜了。

[6] Deluze and Guattari《A Thousand Plateaus》（英國：Bloomsbury Academic，2004），頁 23。

[7] 指阿根廷小說家、散文家，荷黑·路易斯·波赫（Jorge Luis Borges）的作品。

新文潮出版社
TrendLit Publishing

新文潮出版社，「心繫本土，放眼世界」，以人文精神為根基，打造與時並進且有企圖心的品牌，使閱讀和文字促進人們的生活品質與素養。同時，秉持著誠信執行與親切服務為企業核心價值，希望薈萃具有活力的創意人才，並成為區域與國際出版和文化事業的典範。

電郵：contact@trendlitpublishing.com

官網：https://trendlitpublishing.com

網店：https://seabreezebooks.com.sg

@trendlitpublishing

更多新文潮出版品

新加坡國家圖書館出版品預行編目（CIP）資料

National Library Board, Singapore Cataloguing in Publication Data
Name(s): 林伟杰 . | 孤星子 , 1987- translator.
Title: 大重启 / 林伟杰 著 ; 汪来昇 译 .
Other Title(s): English title also available: Anything but human
Description: Singapore : 新文潮出版社 , 2025. | Text written in traditional Chinese scripts. | A translated version of English title: Anything but human.
Identifier(s): ISBN 978-981-94-2138-1 (Paperback)
Subject(s): LCSH: Singaporean poetry (English)--Translations into Chinese.
Classification: DDC S821--dc23

文學島語 016

大重啟

作　　者　林偉傑
譯　　者　汪來昇
總　　編　汪來昇
責任編輯　歐筱佩
封面設計　陳文慧
排版設計　陳文慧　孫耀瑜
校　　對　歐筱佩　汪來昇
出　　版　新文潮出版社私人有限公司
　　　　　TrendLit Publishing Private Limited (Singapore)
電　　郵　contact@trendlitpublishing.com
法務顧問　鍾庭輝律師事務所 Chung Ting Fai & Co.
審計顧問　K K Chua & Co.

中港台發行　秀威資訊科技股份有限公司
新馬發行　新文潮出版社私人有限公司
地　　址　37 Tannery Lane, #05-09, Tannery House,
　　　　　Singapore 347790
電　　話　(+65) 6980-5638
網　　址　https://www.trendlitpublishing.com
線上書店　https://www.seabreezebooks.com.sg

出版日期　2025 年 7 月
定　　價　SGD 23 ／ NTD 250

建議分類　現代詩、新加坡文學、翻譯文學

With the Support of

NATIONAL ARTS COUNCIL
SINGAPORE